Para Teddy y Ella—
quienes nunca fueron mimados demasiado, ejem ejem—
con el amor de "ya saben quién".
—I.W.

Primera edición estadounidense publicada en 2005 por ediciones Lerner

Derechos de autor © 2005 del libro de texto por Ian Whybrow
Derechos de autor © 2005 de ilustraciones por Tony Ross

Publicado por acuerdo con HarperCollins Publishers Ltd., Londres, Inglaterra.
Publicado originalmente en inglés por HarperCollins Publishers Ltd., con el título *Little Wolf and Smellybreff: Badness for Beginners*.

ediciones Lerner
Una división de Lerner Publishing Group
241 First Avenue North
Minneapolis, MN 55401 EE.UU.

Página de Internet: www.lernerbooks.com

Catalogación en publicación por la Biblioteca del Congreso
Whybrow, Ian.
Badness for beginners : a Little Wolf and Smellybreff adventure / by
Ian Whybrow ; illustrated by Tony Ross.— 1st American ed.
p.   cm.
Summary: Little Wolf and his brother Smellybreff get a lesson in
Badness from Mom and Dad.
ISBN: 1–57505–861–8 (lib. bdg. : alk. paper)
[1. Wolves—Fiction. 2. Behavior—Fiction. 3. Brothers—Fiction.
4. Parent and child—Fiction.] I. Ross, Tony, ill. II. Title.
PZ7.W6225Bag 2005
[Fic]—dc22   2004027720

Fabricado en Singapore
1 2 3 4 5 6 – OS – 10 09 08 06 05

Malicia
para
principiantes

Una aventura
de Lobito y Apestosito

Ian Whybrow + Tony Ross

ediciones Lerner/Minneapolis

En una guarida muy lejana, agradable y maloliente, vivía la familia Lobo. La formaban Mamá Lobo, Papá Lobo, Lobito y Bebé Lobo. (Él era el más apestoso, así que lo llamaron Apestosito).

Mamá y Papá estaban muy orgullosos de ser
FEROCES y MALOS. Ellos querían que Lobito y Apestosito
llegaran a ser tan feroces y malos como ellos.

Mamá y Papá enseñaron a los cachorros
canciones infantiles traviesas.

Su favorita era "Nunca Digas Gracias".

Nunca digas gracias.
Juega con tu comida.
Haz muchos ruidos,
groseros y molestos.
Habla con la boca llena.
Responde sin cortesía ni
respeto.
No pares de comer,
hasta que te sientas
enfermo.

Apestosito aprendía
rápido. Estaba lleno
de malicia.

Pero algunas veces,
Lobito era bueno por
equivocación.

Un día, Mamá y Papá decidieron enseñar a Lobito y a Apestosito algunas lecciones más de malicia. Fueron todos a la ciudad.

—Recuerden —dijo Papá—, ambos deben tener un comportamiento PÉSIMO.

La familia Lobo llegó a un puente que estaba en reparación. Papá dijo:

—¡Observen esto!

Hizo "¡GRRR!" y asustó a los trabajadores, que salieron corriendo.

Pateó las señales de peligro.

Pateó las luces de advertencia y se comió el almuerzo de los trabajadores.

Mamá dijo:
—¡Buen trabajo, cariño! ¡Fuiste muy feroz y malo! ¡Qué buen ejemplo les has dado a los cachorros!

Apestosito quería ser feroz y malo como su Papá.
Pero Lobito dijo:

—No, Apestosito, tú sólo eres
un bebé. ¡Mírame!

Hizo un pastel de lodo en el
camino. (Esto no era hacer una
cosa muy mala, pero Lobito
hacía un gran esfuerzo.)

Apestosito
gritó y gritó.

Entonces saltó sobre
el taladro de los
trabajadores y . . .

BRRRRR

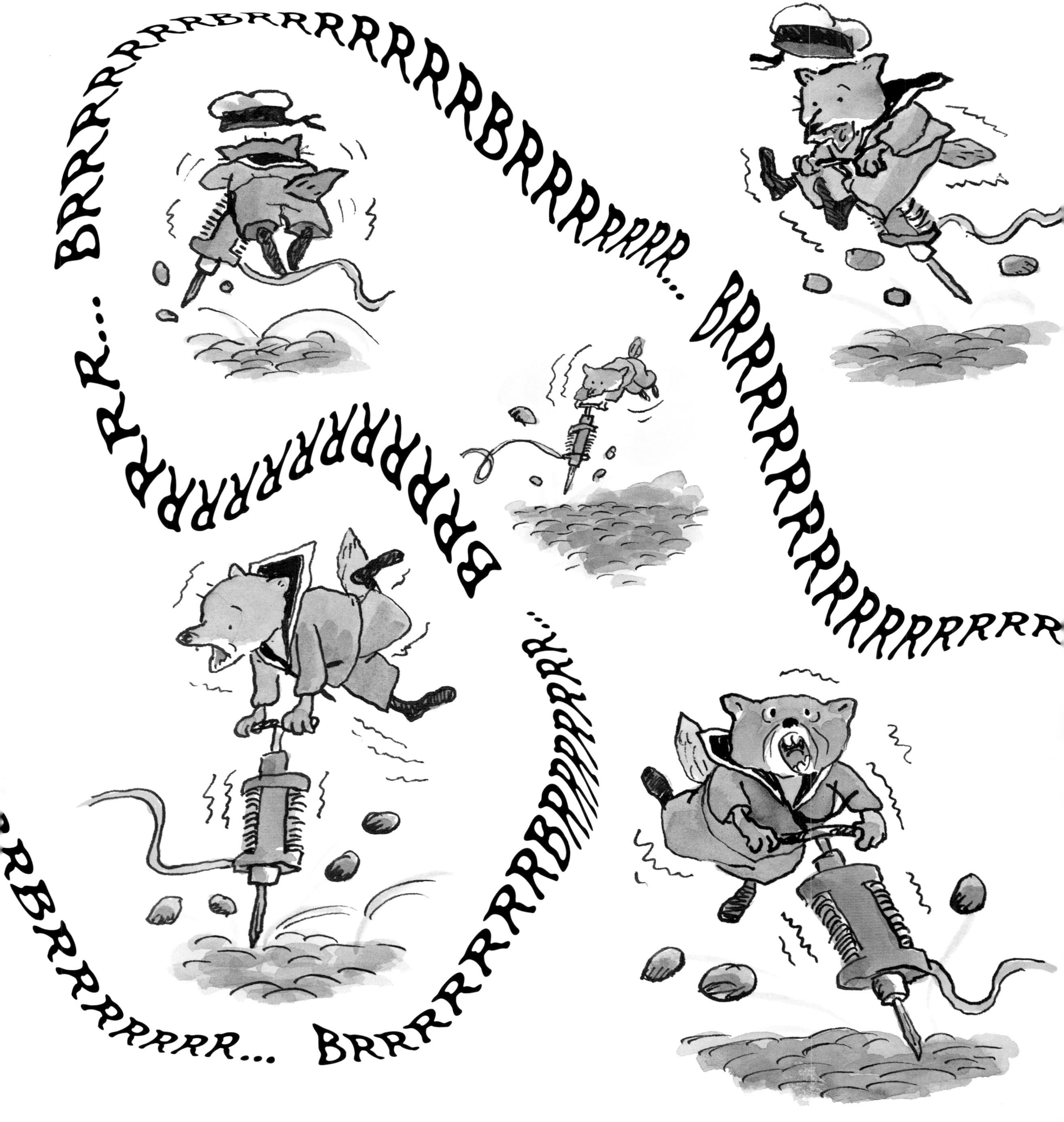

Pronto hubo un GRAN agujero.

—¡Bien hecho, Apestosito! —dijo Mamá—.

¡Qué cachorro más listo!

—Para la siguiente lección
de malicia —dijo Papá—, iremos al café.

—¡Gracias, Papá! —dijo Lobito.

—¡Grrr! —gruñó Papá—. ¡Deja de ser tan cortés,
Lobito! ¿Por qué no puedes aprender a comportarte mal?

En el café, Lobito realmente se esforzó por ser malo. Sacó la lengua, y la retorció.

—Pobre pequeñín, debes tener sed —dijo la camarera.

La camarera le dio palmaditas en la cabeza y le dio una leche malteada rica y fría.

Apestosito gritó y gritó hasta que también consiguió una leche malteada. Se la bebió toda de una bocanada.

Entonces hizo...

—¡Bien hecho, querido bebé! —dijeron
Mamá y Papá—. Eso estuvo muy mal.

—¡Intentaré ser malo otra vez! —dijo Lobito.

Se levantó de un salto e hizo "¡Grrr!"

—¡Ah, qué sonrisa tan encantadora! —dijo la camarera.

La camarera le dio palmaditas en la cabeza y una galleta para perros.

Apestosito aún tenía hambre. Se comió cuatro banana splits y un helado gigante con caramelo caliente.

Entonces vomitó sobre el piso.
—¡Qué cachorro tan listo! —dijo Mamá.

Enseguida vino la camarera con una cubeta
con agua jabonosa para limpiar el desorden.
Apestosito sacó su traviesa cola.

—**¡FUERA!** —gritó la camarera—. ¡Aléjense, animales MALOS, y no vuelvan nunca!

Y los persiguió hasta el puente.

Para entonces anochecía.

No había ninguna señal de peligro.

No había ninguna luz de advertencia.

—¡UY! —gritó Mamá cuando tropezó con el pastel de barro de Lobito.

—¡AY! —exclamó Papá mientras caía por el agujero hecho por Apestosito.

Papá subió lentamente gateando al puente.

Lobito dijo:

—¿Somos buenos siendo MALOS, Papá? Apestosito hizo un gran agujero en el puente, y mi pastel de lodo hizo que Mamá tropezara y te hiciera caer en él.

De regreso en la guarida, Lobito dijo:
—¡Mamá y Papá, hoy aprendimos muchísimo sobre la malicia! ¿Nos enseñarán más mañana, por favor?

Mamá y Papá sólo gruñían:

"¡GRRR!"